我有理由

文·圖　吉竹伸介
譯　黃惠綺

我有挖鼻孔的習慣，
媽媽常常因為這樣生氣，
理由是「這樣很不雅觀」。

我也很想有個什麼理由。
如果有個正當的理由，
挖鼻孔也不是不行吧？

啊！
又在挖鼻孔，
不可以喔！
不……不是啦！
我不是在挖鼻孔，
嗯……
那個啊……

我的鼻子裡面
有安裝一個開關，

如果一直不停的按它，
我的頭就會發射
「開心光束」。

這個光束可以讓每個人的心情
都很愉快喔。

你看，
我這個理由
很正當吧？

嗯……
是嗎？

如果是這樣，
我已經非常開心了，
可以請你別再發射
更多的「開心光束」了，
好嗎？

知道了啦。
按
喀吱……

啊！
這次換咬指甲了！
才不是勒！
這是，
嗯……這是……
就是啊，

含著手指甲，

會發出大人
聽不到的聲音。

這個聲音會把垃圾堆上的烏鴉
都趕跑喔！

嗯……

這個時間

已經沒有烏鴉，

不用發出這種聲音了。

嘎噠 嘎噠
嘎噠 嘎噠 嘎噠

啊！
這次換成
抖腳了！
吼！
才不是勒！
這個當然也是
有理由的啊！
嗯……就是啊……

這不是在抖腳啦，
這是我在跟鼴鼠打暗號，

要把今天發生的事情
統統告訴鼴鼠。

怎麼這麼多理由，
光聽就累了。
是啊，
就是
這樣啊！
所以我也是
很辛苦的呢！

吃飯時，飯菜灑了一桌，

是因為被奇怪的小生物拜託：
「請行行好，分給我們一些
好吃的飯吧！」

坐在椅子上動個不停，

是因為椅子在店裡或教室裡胡鬧，

所以陪這些脾氣不好的椅子玩玩。

在床上面
跳來跳去，

是為了萬一以後路面變得像彈簧床一樣時，
可以順利到達學校，所以先練習彈跳。

在走廊上或商店裡忍不住拔腿狂奔，

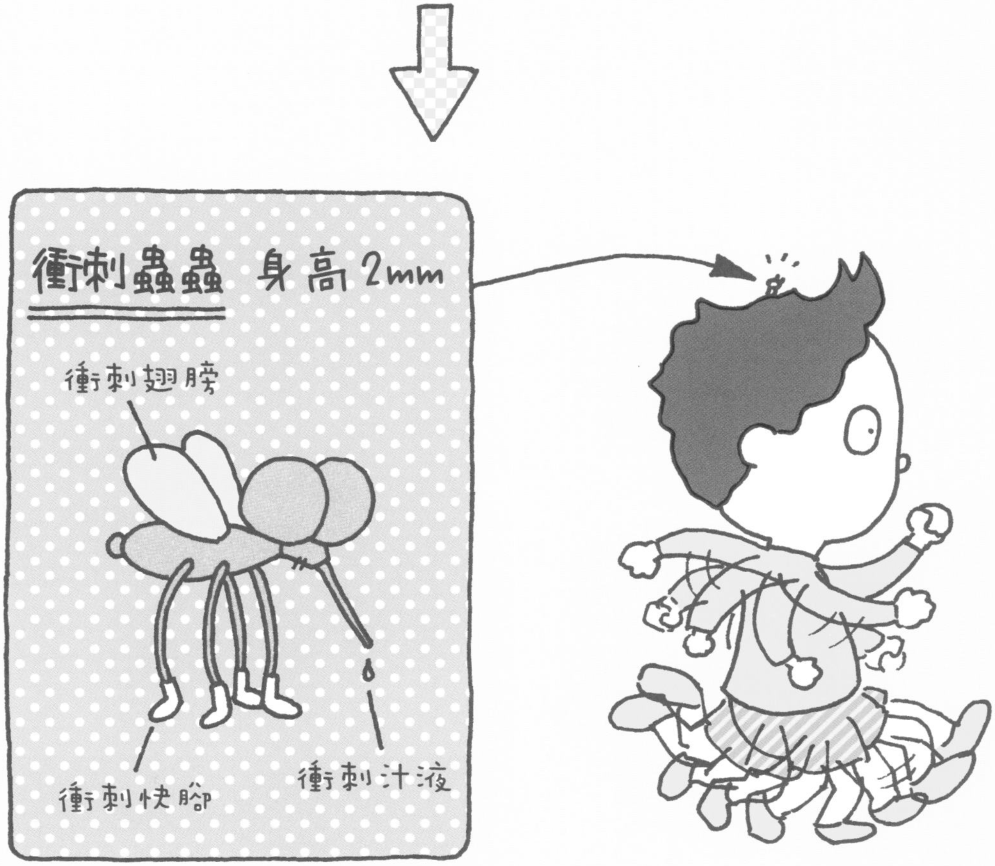

是因為「衝刺蟲蟲」停在頭上，

讓身體不由自主的奔跑起來。

看到有比較高的地方，
一定會爬上去，

是因為如果發現爬到樹上下不來的小貓，

要把牠救下來的話，
就得先訓練爬高。

用吸管往飲料裡吹泡泡，

這是一種世界通用的暗號，

是為了向神明報告：「雖然有很多

不順心的事，還是會努力打起精神的。」

把吸管咬得歪七扭八，

是因為想要參加「歪七扭八吸管造型比賽」，

獲勝之後，

要拿獎金去造一艘大船，

讓大家一起輕鬆悠閒的環遊世界。

拿髒髒的手擦在褲子或是衣服上時，

是因為如果拿花、或天鵝、或白熊
來擦手，他們會很可憐。

洗完澡過了很久也不穿好睡衣，
一直光著身體，

是為了萬一在學校被壞蛋外星人
吸走衣服時，還可以光溜溜的作戰，
所以得事先演練。

撿了一堆大大小小
掉在路上的東西回家，

是為了幫忙尋找
用來修理壞掉太空船的零件。

對吧？
是不是都
很有道理？
你解釋的
夠清楚了，
我很了解了。
不過，那些
骯髒的、特別
沒教養的行為
可以盡量收斂
一點嗎？
知道啦。
嗯。

但是啊，
說起來大人
應該也會有不經意的
小習慣吧？
對喔——
也會有呢。
但是自己
應該是
不知不覺的吧。
媽你就常那樣啊，
老是玩頭髮，
有什麼特別的
理由嗎？
哎呀？
是這樣嗎？
嗯……
這是因為……
因為……
啊，對了！

那是因為媽媽的髮尾上，
寫了很多小小字的菜單。

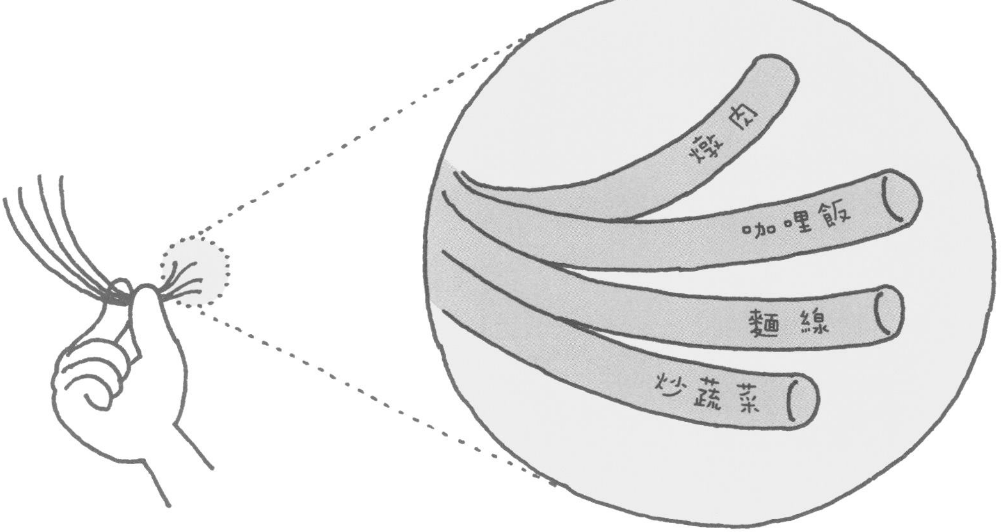

今天晚餐要吃什麼，
就用抽籤的方式
選一根頭髮來決定。

順便看一下今天的是……
嗯……是……啊！

上面寫的是
「漢堡肉」！
耶！
萬歲！

作者介紹

吉竹伸介（ヨシタケシンスケ）

1973 年出生於神奈川縣。筑波大學大學院藝術研究科總合造型學科畢業。常以不經意的日常小事片段為題，用獨特角度切入，作品涵蓋素描集、童書插畫、裝幀畫、插圖散文等各種領域。曾以《這是蘋果嗎？也許是喔》（三采）獲得第 6 屆 MOE 繪本屋大獎第一名、第 61 屆產經兒童出版文化獎美術獎等獎項。出版的書籍有《做一個機器人，假裝是我》（三采）、《而且沒有蓋子》（PARCO 出版）、《沒有結局的終曲》、《好窄喔 撲通撲通》（講談社）、《即席計畫》（U-Time 出版社）。育有二子。

繪本 0171

我有理由

作・繪者｜吉竹伸介（ヨシタケシンスケ）
譯者｜黃惠綺
責任編輯｜余佩雯　美術設計｜蕭雅慧　行銷企劃｜陳詩茵

天下雜誌群創辦人｜殷允芃
董事長兼執行長｜何琦瑜
媒體暨產品事業群
總經理｜游玉雪　副總經理｜林彥傑
總編輯｜林欣靜
行銷總監｜林育菁　副總監｜蔡忠琦
版權主任｜何晨瑋、黃微真

出版者｜親子天下股份有限公司
地址｜台北市 104 建國北路一段 96 號 4 樓
電話｜（02）2509-2800 傳真｜（02）2509-2462
網址｜ www.parenting.com.tw
讀者服務專線｜（02）2662-0332 週一～週五：09:00~17:30
讀者服務傳真｜（02）2662-6048　客服信箱｜ parenting@cw.com.tw
法律顧問｜台英國際商務法律事務所・羅明通律師
製版印刷｜中原造像股份有限公司
總經銷｜大和圖書有限公司 電話：（02）8990-2588

出版日期｜2016 年 5 月第一版第一次印行
2024 年 8 月第二版第二十二次印行
定 價｜300 元
書 號｜BKKP0171P
ISBN ｜978-986-92920-9-2（精裝）

訂購服務
親子天下 Shopping ｜ shopping.parenting.com.tw
海外 ・ 大量訂購｜ parenting@cw.com.tw
書香花園｜台北市建國北路二段 6 巷 11 號 電話（02）2506-1635
劃撥帳號｜ 50331356 親子天下股份有限公司